بڑوں نے لکھا بچوں کے لئے۔۔۔ ۹

بچوں کے ڈاکٹر ذاکر حسین

جمع وترتیب : اعجاز عبید

Bachchon ke Dr Zakir Hussain *(Kids Stories)*
by: Dr Zakir Hussain
Edition: April '2025
Publisher :
Taemeer Publications LLC (Michigan, USA / Hyderabad, India)

ISBN 978-93-6908-632-0

کتاب	:	**بچوں کے ڈاکٹر ذاکر حسین** (کہانیاں)
مصنف	:	**ڈاکٹر ذاکر حسین**
صنف	:	ادب اطفال
ناشر	:	تعمیر پبلی کیشنز (حیدرآباد، انڈیا)
سالِ اشاعت	:	۲۰۲۵ء
صفحات	:	۹۲
سرورق ڈیزائن	:	تعمیر ویب ڈیزائن

کون سی کہانی کہاں ؟

2

ابو خاں کی بکری

ہمالیہ پہاڑ کا نام تو تم نے سنا ہی ہوگا۔ اس سے بڑا پہاڑ دنیا میں کوئی نہیں ہے۔ ہزاروں میل چلا گیا ہے۔ اور

اونچا اتنا ہے کہ ابھی تک اس کی اونچی چوٹیوں پر کبھی کبھار کوئی ہمت والا آدمی پہنچ پایا ہے، وہ بھی جیسے بس ڈھیا چھونے کو۔ اس پہاڑ کے اندر وادیوں میں بہت سی بستیاں بھی ہیں۔ ایسی ہی ایک بستی الموڑا بھی ہے۔ الموڑے میں ایک بڑے میاں رہتے تھے۔ ان کا نام تھا ابو خاں۔ انھیں بکریاں پالنے کا بہت شوق تھا۔ اکیلے آدمی تھے۔ بس ایک دو بکریاں رکھتے دن بھر انھیں چراتے پھرتے۔ ان کے عجیب عجیب نام

رکھتے، کسی کا کلو، کسی کا منگلیا، کسی کا گوجری، کسی کا حُکمہ۔ ان سے نہ جانے کیا باتیں کرتے رہتے اور شام کے وقت بکریوں کو لاکر گھر میں باندھ دیتے۔

الموڑا پہاڑی جگہ ہے اس لیے ابو خاں کی بکریاں بھی پہاڑی نسل کی ہوتی تھیں۔ ابو خاں غریب تھے بڑے بدنصیب۔ ان کی ساری بکریاں کبھی نہ کبھی رسی تڑا کر رات کو بھاگ جاتی تھیں۔ پہاڑی بکری بندھے بندھے گھبرا جاتی ہے۔ یہ بکریاں بھاگ کر پہاڑ میں چلی جاتی

تھیں۔ وہاں ایک بھیڑیا رہتا تھا وہ انھیں کھا جاتا تھا۔ گر عجیب بات ہے نہ ابوان کا پیار نہ شام کے دانے کا لالچ، ان بکریوں کو بھاگنے سے روکتا تھا، نہ بھیڑیے کا ڈر۔ بس شاید یہ بات ہو کہ پہاڑی جانوروں کے مزاج میں آزادی کی بہت محبت ہوتی ہے۔ یہ اپنی آزادی کسی داموں دینے کو راضی نہیں ہوتے اور مصیبت اور خطروں کے باوجود آزاد رہنے کو آرام اور آسائش کی قید سے اچھا جانتے ہیں۔

جہاں کوئی بکری بھاگ نکلی اور ابو خاں بیچارے سر پکڑ کر بیٹھ گئے۔ ان کی سمجھ ہی میں نہ آتا تھا کہ ہری ہری گھاس میں انھیں کھلاتا ہوں، چھپ چھپ کر پڑوسیوں کے دھان کے کھیت میں بھی انھیں چھوڑ دیتا ہوں، شام کو دانا دیتا ہوں مگر یہ کم بخت نہیں ٹھیرتیں اور پہاڑ میں جا کر بھیڑیے کو اپنا خون پلانا پسند کرتی ہیں۔

جب ابو خاں کی بہت سی بکریاں یوں بھاگ گئیں تو بیچارے بہت اُداس ہوئے اور کہنے لگے اب کبھی

بکری نہ پالوں گا۔ زندگی کے تھوڑے دن اور رہیں،
بے بکریوں ہی کے کٹ جائیں گے۔ مگر تنہائی بری
چیز ہے۔ تھوڑے دن تو ابو خاں بے بکریوں کے
رہے۔ آخر نہ رہا گیا۔ ایک دن کہیں سے ایک بکری
مول لے آئے۔ یہ بکری ابھی بچہ ہی تھی، کوئی سال
سوا سال کی ہوگی۔ پہلی دفعہ بیاہی تھی۔ ابو خاں نے
سوچا کہ کم عمر بکری لوں گا تو شاید ہل جائے اور اسے
جب پہلے ہی سے اچھے اچھے چارے دانے کی عادت

پڑ جائے گی تو پھر یہ پہاڑ کا رُخ نہ کرے گی۔ یہ بکری تھی
بہت خوب صورت -رنگ اس کا بالکل سفید تھا۔ بال
لمبے لمبے تھے۔ چھوٹے چھوٹے کالے کالے سینگ
ایسے معلوم ہوتے تھے کہ کسی نے آبنوس کی کالی
لکڑی میں خوب محنت سے تراش کر بنائے ہوں۔ لال
لال آنکھیں تم دیکھتے تو کہتے کہ ارے یہ بکری تو ہم نے
لے لی ہوتی۔ یہ بکری دیکھنے میں ہی اچھی نہ تھی، مزاج
کی بھی بہت اچھی تھی۔ پیار سے ابو خاں کا ہاتھ چاہتی

تھی۔ دودھ چاہے توکوئی بچا دوہ لے۔ نہ لات مارتی تھی، نہ دودھ کے برتن گراتی۔ ابو خاں تو اس پر لٹو ہو گئے تھے۔ اس کا نام چاندنی رکھا تھا اور دن بھر اس سے باتیں کرتے رہتے تھے۔ کبھی اپنے چچا گھسیٹا خاں کا قصہ اسے سناتے تھے، کبھی اللہ بخشے ماموں نتھو خاں کا۔

ابو خاں نے یہ سوچ کر کہ بکریاں شاید میرے گھر کے تنگ آنگن میں گھبرا جاتی ہیں اپنی اس بکری چاندنی کے

لیے نیا انتظام کیا تھا۔ گھر کے باہر ان کا ایک چھوٹا سا کھیت تھا۔ اس کے چاروں طرف انھوں نے نہ جانے کہاں کہاں سے کانٹے جمع کر کے ڈالے تھے کہ کوئی اس میں آ سکے۔ اس کے بیچ میں چاندنی کو باندھتے تھے اور رسّی خوب لمبی رکھی تھی کہ خوب ادھر ادھر گھوم سکے۔ اس طرح چاندنی کو ابو خاں کے یہاں خاصا زمانہ گزر گیا اور ابو خاں کو یقین ہو گیا کہ آخر کو ایک بکری تو ہل گئی۔ اب یہ نہ بھاگے گی۔

مگر ابو خاں دھوکے میں تھے۔ آزادی کی خواہش اتنی آسانی سے دل سے نہیں مٹتی۔ پہاڑ اور جنگل میں رہنے والے آزاد جانوروں کا دم گھر کی چار دیواری میں گھٹتا ہے، تو کانٹوں سے گھرے ہوئے کھیت میں بھی انھیں چین نصیب نہیں ہوتا۔ قید قید سب ایک سی۔ تھوڑے دن کے لیے چاہے دھیان بٹ جائے مگر پھر پہاڑ اور جنگل یاد آتے ہیں اور قیدی اپنی رسی تڑانے کی فکر کرتا ہے۔ ابو خاں کا خیال ٹھیک

نہ تھا کہ چاندنی پہاڑ کی ہوا بھول گئی۔

ایک دن صبح صبح جب سورج ابھی پہاڑ کے پیچھے ہی تھا کہ چاندنی نے پہاڑ کی طرف نظر کی۔ منہ جو جگالی کی وجہ سے چل رہا تھا رُک گیا اور چاندنی نے دل میں کہا "وہ پہاڑ کی چوٹیاں کیسی حسین ہیں۔ وہاں کی ہوا اور یہاں کی ہوا کا کیا مقابلہ۔ پھر وہاں اُچھلنا کودنا، ٹھوکریں کھانا اور یہاں ہر وقت بندھے رہنا۔ گردن میں آٹھ پہر یہ کم بخت رہی۔

ایسے گھیروں میں گدھے اور خچر ہی بھلے چُگ لیں، ہم بکریوں کو تو ذرا بڑا میدان چاہیے''

اس خیال کا آنا تھا اور چاندنی اب وہ پہلی چاندنی ہی نہ تھی۔ نہ اُسے ہری ہری گھاس اچھی لگتی تھی، نہ پانی مزا دیتا تھا، نہ ابوخاں کی لمبی داستانیں اُسے بھاتی تھیں۔ دن پر دن دبلی ہونے لگی۔ دودھ گھٹنے لگا۔ ہر وقت منہ پہاڑ کی طرف رہتا اور رسی کو کھینچتی اور عجیب درد بھری آواز سے میں، میں چلاتی۔ ابوخاں سمجھ گئے،

کہ ہو نہ ہو کوئی بات ضرور ہے لیکن یہ سمجھ میں نہیں آتا

تھا کہ کیا ہے۔ ایک دن صبح جب ابو خاں نے دودھ دوہ

لیا تو چاندنی نے ان کی طرف منہ پھیرا اور اپنی بکریوں

والی زبان میں کہا ''ابو خاں میاں میں اب تمھارے

پاس رہوں گی تو مجھے بڑی بیماری ہو جائے گی۔ مجھے تو

تم پہاڑ ہی میں چلا جانے دو۔'' ابو خاں بکریوں کی بولی

سمجھنے لگے تھے۔ چلا کر بولے ''یا اللہ یہ بھی جانے کو

کہتی ہے، یہ بھی!'' اور مارے صدمے کے مٹی کی لٹیا

جس میں دودھ دوہا تھا، ہاتھ سے گر می اور پاش پاش ہو گئی۔

ابو خاں وہیں گھاس پر بکری کے پاس بیٹھ گئے اور نہایت غمگین آواز سے پوچھا :

''کیوں بیٹی چاندنی۔ تو بھی مجھے چھوڑنا چاہتی ہے ؟''

چاندنی نے جواب دیا۔ ''ہاں۔ ابو خاں میاں۔ چاہتی تو ہوں''

''ارے تو کیا تجھے چارا نہیں ملتا، یا دانا پسند نہیں ؟ بنیے نے گھنے دانے ملا دیے ہیں کیا ؟ میں آج ہی اور دانا لے آؤں گا۔''

''نہیں نہیں میاں مجھے دانے کی کوئی تکلیف نہیں''

چاندنی نے جواب دیا۔

''تو پھر کیا رسی چھوٹی ہے۔ میں اور لمبی کر دوں گا۔''

چاندنی نے کہا ''اس سے کیا فائدہ!''

''تو آخر پھر کیا بات ہے ؟ تو چاہتی کیا ہے ؟''

چاندنی بولی ''کچھ نہیں۔ بس مجھے تو پہاڑ میں جانے دو''

ابو خاں نے کہا ''اری کم نصیب تجھے یہ بھی خبر ہے کہ وہاں بھیڑیا رہتا ہے۔ وہ جب آئے گا تو کیا کرے گی؟''

''ماروں گی'' چاندنی نے جواب دیا۔ ''اللہ نے دو سینگ دیے ہیں۔ ان سے اسے ماروں گی''

''ہاں ہاں۔ ضرور'' ابو خاں بولے ''بھیڑیے پر تیرے سینگوں ہی کا تو اثر ہوگا۔ وہ تو میری کئی بکریاں ہڑپ کر

چکا ہے۔ اس کے سینگ تو تجھ سے بہت بڑے تھے۔

تو تو کلو کو جانتی نہیں تھی، وہ یہاں پچھلے سال تھی،

بکری کاہے کو تھی ہرن تھی ہرن، کالا ہرن۔ رات بھر

سینگوں سے بھیڑیے کے ساتھ لڑی۔ مگر پھر صبح

ہوتے ہوتے اس نے دبوچ ہی لیا اور کھا گیا۔''

چاندنی نے کہا'' ارے۔ رے۔ رہے۔ بیچاری کلو۔

مگر خیر ابو خاں میاں، اس سے کیا ہوتا ہے۔ مجھے تو تم

پہاڑ میں جانے ہی دو''

ابو خاں کچھ جھنجھلائے اور بولے ''یا اللہ! یہ بھی جاتی ہے۔ میری ایک چہیتی بکری اور اس کم بخت بھیڑیے کے پیٹ میں جاتی ہے۔ مگر نہیں نہیں، میں اسے تو ضرور بچاؤں گا۔ کم بخت، احسان فراموش، تیری مرضی کے خلاف تجھے بچاؤں گا۔ اب تو تیرا ارادہ معلوم ہو گیا ہے۔ اچھا بس چل تجھے کوٹھری میں باندھا کروں گا۔ نہیں تو موقع پا کر چل دے گی''

ابو خاں نے آکر چاندنی کو ایک کونے کی کوٹھری میں بند کر دیا اور اوپر سے زنجیر چڑھا دی۔ مگر غصہ اور جھنجلاہٹ میں کوٹھری کی کھڑکی بند کرنا بھول گئے۔ ادھر انھوں نے کنڈی چڑھائی، اُدھر چاندنی اُچک کر کھڑکی میں سے باہر۔ یہ جا وہ جا۔

***

چاندنی پہاڑ پر پہنچی تو اس کی خوشی کا کیا پوچھنا تھا۔ پہاڑ پر پیڑ اس نے پہلے بھی دیکھے تھے، لیکن آج ان کا اور ہی رنگ تھا۔ اُسے ایسا معلوم ہوتا تھا کہ سب کے سب

کھڑے ہوئے اُسے مبارک باد دے رہے ہیں کہ پھر ہم میں آملی۔ ادھر اُدھر سیوتی کے پھول مارے خوشی کے کھلکھلا کر ہنس رہے تھے۔ کہیں اونچی اونچی گھاس اس سے گلے مل رہی تھی۔ معلوم ہوتا تھا کہ سارا پہاڑ مارے خوشی کے مسکرا رہا ہے اور اپنی بچھڑی ہوئی بچی کے واپس آنے پر پھولا نہیں سماتا۔

چاندنی کی خوشی کا حال کوئی کیا بتائے۔ نہ چاروں طرف کانٹوں کی باڑھ نہ کھونٹا، نہ رسّی۔ اور چارا! وہ وہ جڑی بوٹیاں کہ ابو خاں غریب باوجود اپنی ساری محبت اور شفقت کے نہ لا سکتے۔

چاندنی کبھی ادھر اچھلتی، کبھی اُدھر، یہاں سے کودی، وہاں پھاندی، کبھی چٹان پر ہے، کبھی کھڈ میں، ادھر ذرا پھسلی پھر سنبھلی۔ ایک چاندنی کے آنے سے سارے

پہاڑ میں رونق سی معلوم ہوتی تھی ۔ ایسا لگتا تھا جیسے ابو خاں کی دس بارہ بکریاں چھوڑ کر یہاں آ گئی ہوں ۔

ایک دفعہ گھاس پر منہ مار کر و ذرا سر اٹھایا تو چاندنی کی نظر ابو خاں کے مکان اور اُس کانٹوں والے گھیر پر پڑی ۔ انھیں دیکھ کر چاندنی خوب ہنسی اور دل میں کہنے لگی ''یا خدا کوئی دیکھے تو ۔ کتنا ذرا سا مکان ہے اور کیسا چھوٹا سا گھر! یا اللہ، میں اتنے دن اس میں کیسے رہی ؟ اس میں آخر سماتی کیسے تھی ؟''

پہاڑ کی چوٹی پر سے اس ننھی سی جان کو نیچے کی ساری دنیا ہیچ نظر آتی تھی۔ چاندنی کے لیے یہ دن بھی عجیب دن تھا۔ دوپہر تک اتنی اچھلی کودی کہ شاید ساری عمر میں اتنی اچھلی کودی نہ ہوگی۔ دوپہر ڈھلتے اسے پہاڑی بکریوں کا ایک گلا دکھائی دیا۔ گلے کی بکریوں نے اسے خوشی خوشی اپنے پاس بلایا۔ اور اس سے حال احوال پوچھا۔ گلے میں کچھ جوان بکرے بھی تھے۔ انھوں نے بھی چاندنی کی بڑی خاطر تواضع کی۔ بلکہ اس میں ایک بکرا

تھا ذرا کالے کالے رنگ کا جس پر کچھ سفید ٹپّے تھے وہ
چاندنی کو بھی اچھا لگا۔ اور یہ دونوں بہت دیر تک ادھر
اُدھر پھرتے رہے۔ ان میں نہ جانے کیا کیا باتیں
ہوئیں۔ اور کوئی تو تھا نہیں، ایک چشمہ پانی کا بہہ رہا تھا
اس نے سنی ہوں گی۔ کبھی کوئی وہاں جائے اور اس
چشمے سے پوچھے تو شاید کچھ پتا لگے۔ اور پھر بھی کیا خبر یہ
چشمہ بھی شاید نہ بتائے۔ ایک کی بات دوسرے سے
کہنا کچھ اچھی بات نہیں۔

خیر بکریوں کا گلا تو نہ معلوم کدھر چلا گیا۔ وہ جوان بکرا بھی ادھر اُدھر گھوم کر اپنے ساتھیوں میں جا ملا۔ چاندنی کو ابھی آزادی کی اتنی آرزو تھی کہ اس نے گلّے کے ساتھ ہو کر ابھی سے اپنے اوپر پابندیاں لینا گوارا نہ کیا۔ اور ایک طرف کو چل دی۔ شام کا وقت ہوا۔ ٹھنڈی ہوا چلنے لگی۔ سارا پہاڑ لال سا ہو گیا اور چاندنی نے سوچا

او ہو، ابھی سے شام!

نیچے ابو خاں کا گھر اور وہ کانٹوں والا گھیر دونوں کہر میں چھپ گئے تھے۔ نیچے کوئی چرواہا اپنی بکریوں کو باڑے میں بند کرنے لیے جا رہا تھا۔ ان کی گردن کی گھنٹیاں بج رہی تھیں۔ چاندنی اس آواز کو خوب پہچانتی تھی اسے سن کر اداس سی ہو گئی۔ ہوتے ہوتے اندھیرا ہونے لگا اور پہاڑ میں ایک طرف سے آواز آئی ''خو خو'' یہ آواز سن کر چاندنی کو بھیڑیے کا خیال آیا۔ دن بھر ایک دفعہ بھی اس کا دھیان ادھر نہ گیا تھا۔ پہاڑ کے

نیچے سے ایک سیٹی اور بگل کی آواز آئی ۔ یہ بیچارے ابو خاں تھے جو آخری کوشش کر رہے تھے کہ اسے سن کر چاندنی پھر لوٹ آئے ۔ اُدھر سے یہ کہہ رہے تھے ''لوٹ آ۔ لوٹ آ''

ادھر سے دشمن جان بھیڑیے کی آواز آ رہی تھی ۔ چاندنی کے جی میں کچھ تو آئی کہ لوٹ چلے لیکن اسے کھونٹا یاد آیا، رسّی یاد آئی ، کانٹوں کا گھیر یاد آیا۔ اور اس نے سوچا کہ اُس زندگی سے تو یہاں کی موت اچھی ۔

آخر کو سیٹی اور بگل کی آواز بند ہو گئی۔ پیچھے سے پتیوں کی کھڑکھڑاہٹ سنائی دی۔

چاندنی نے مڑ کر دیکھا تو دو کان دکھائی دیے۔ سیدھے کھڑے ہوئے۔ اور دو آنکھیں، جو اندھیرے میں چمک رہی تھیں۔ بھیڑیا پہنچ گیا تھا۔

بھیڑیا زمین پر بیٹھا تھا۔ نظر بیچاری بکری پر جمی تھی۔ اسے اطمینان تھا جلدی نہ تھی۔ خوب جانتا تھا کہ اب کہاں جاتی ہے۔ بکری نے جو اس کی طرف رخ کیا تو یہ

مسکرائے اور بولے ''اوہو۔ ابو خاں کی بکری ہے۔ خوب کھلا کھلا کر موٹا کیا ہے۔'' یہ کہہ کر اس نے اپنی لال لال زبان اپنے نیلے نیلے ہونٹوں پر پھیری۔ چاندنی کو کلو کا قصہ یاد آیا، جو ابو خاں نے بتایا تھا اور اس نے سوچا کہ میں کیوں خواہ مخواہ کا رات بھر لڑ کر صبح جان دوں۔ ابھی کیوں نہ اپنے کو سپرد کر دوں۔ لیکن پھر خیال کیا کہ نہیں۔ اپنا سر جھکایا، سینگ آگے کو کیے اور پینترا بدل کر بھیڑیے کے مقابل آئی کہ بہادروں کا

یہی شیوہ ہے۔ کوئی یہ نہ سمجھے کہ چاندنی اپنی بساط نہ جانتی تھی اور بھیڑیے کی طاقت کا اندازہ اسے نہ تھا۔ وہ خوب جانتی تھی کہ بکریاں بھیڑیے کو نہیں مار سکتیں۔ وہ تو صرف یہ چاہتی تھی کہ اپنی بساط کے مطابق مقابلہ کرے۔ جیت ہار پر اپنا قابو نہیں۔ وہ اللہ کے ہاتھ ہے۔ مقابلہ ضروری ہے۔

جی میں یہ سوچتی تھی کہ دیکھوں میں کلو کی طرح رات بھر مقابلہ کر سکتی ہوں یا نہیں۔ کچھ دیر جب گزر گئی تو بھیڑیا

بڑھا۔ چاندنی نے بھی سینگ سنبھالے۔ اور وہ وہ حملے کیے ہیں کہ بھیڑیے کا جی جانتا ہوگا۔ دسیوں مرتبہ اس نے بھیڑیے کو پیچھے ریل دیا۔ ساری رات اسی میں گزری کبھی کبھی چاندنی اوپر آسمان کی طرف دیکھ لیتی اور ستاروں سے آنکھوں میں کہہ دیتی اے کاش اسی طرح صبح ہوجائے۔ ستارے ایک ایک کر کے غائب ہو گئے۔ چاندنی نے آخری وقت میں اپنا زور دو گنا کر دیا۔ بھیڑیا بھی تنگ آگیا تھا کہ دور سے ایک روشنی

سی دکھائی دی۔ ایک مرغ نے کہیں سے بانگ دی۔ نیچے بستی میں مسجد سے اذان کی آواز آئی۔ چاندنی نے دل میں کہا اللہ تیرا شکر ہے۔ میں نے اپنے بس بھر مقابلہ کیا۔ اب تیری مرضی۔ مؤذن آخری دفعہ اللہ اکبر کہہ رہا تھا کہ چاندنی بے دم زمین پر گر پڑی۔ اس کا سفید بالوں کا لباس خون سے بالکل سرخ تھا۔ بھیڑیے نے اسے دبوچ لیا اور کھا گیا!

اوپر درخت پر چڑیاں بیٹھی دیکھ رہی تھیں۔ ان میں اس پر بحث ہو رہی ہے کہ جیت کس کی ہوئی۔ سب کہتی ہیں کہ بھیڑیا جیتا۔ ایک بوڑھی سی چڑیا ہے وہ مصر ہے کہ چاندنی جیتی۔

★★★

احسان کا بدلہ احسان

بہت دنوں کا ذکر ہے جب ہر جگہ نیک لوگ بستے تھے اور دغا فریب بہت ہی کم تھا۔ ہندو مسلمان ایک دوسرے کا خیال رکھتے تھے۔ کوئی کسی پر زیادتی نہیں کرتا تھا اور جو جس کا حق ہوتا تھا۔ اسے مل جایا کرتا تھا۔ ان دنوں ایک شہر تھا: عادل آباد۔ اس عادل آباد میں

ایک بہت دولت مند دکان دار تھا۔ دور دور کے ملکوں سے اس کا لین دین تھا۔ اس کے پاس ایک گھوڑا تھا جو اس نے بہت دام دے کر ایک عرب سے خریدا تھا۔

ایک دن کا ذکر ہے کہ وہ دکان دار تجارت کی غرض سے گھوڑے پر سوار ہو کر جا رہا تھا کہ بے خیالی میں شہر سے بہت دور نکل گیا اور ایک جنگل میں جا نکلا۔ ابھی یہ اپنی دھن میں آگے جا ہی رہا تھا کہ پیچھے سے چھے آدمیوں نے اس پر حملہ کر دیا۔ اس نے ان کے دو

ایک وار تو خالی دیے لیکن جب دیکھا کہ وہ چھپے ہیں تو سوچا کہ اچھا نہیں ہے کہ ان سے بچ کر نکل چلوں ۔ اس نے گھوڑے کو گھر کی طرف پھیرا ۔ لیکن ڈاکوؤں نے بھی اپنے گھوڑے پیچھے ڈال دیے ۔ اب تو عجیب حال تھا ۔ سارا جنگل گھوڑوں کی ٹاپوں سے گونج رہا تھا ۔ سچ یہ ہے کہ دکان دار کے گھوڑے نے اسی دن اپنے دام وصول کرا دیے ۔ کچھ دیر بعد ڈاکوؤں کے گھوڑے پیچھے

رہ گئے۔ گھوڑا دکان دار کی جان بچا کر اسے گھر لے

آیا۔

اس روز گھوڑے نے اتنا زور لگایا کہ اس کی ٹانگیں بے

کار ہو گئیں۔ خدا کا کرنا ایسا ہوا کہ کچھ دنوں بعد غریب کی

آنکھیں بھی جاتی رہیں۔ لیکن دکان دار کو اپنے وفادار

گھوڑے کا احسان یاد تھا۔ چناں چہ اس نے سائیس کو

حکم دیا کہ جب تک گھوڑا جیتا رہے۔ اس کو روز صبح و

شام چھ سیر دانہ دیا جائے اور اس سے کوئی کام نہ لیا جائے۔

لیکن سائیس نے اس حکم پر عمل نہ کیا۔ وہ روز بروز گھوڑے کا دانہ کم کرتا گیا۔ یہی نہیں بلکہ ایک روز اسے اپاہج اور اندھا سمجھ کر اصطبل سے نکال دیا۔ بے چارہ گھوڑا رات بھر بھوکا پیاسا۔ بارش اور طوفان میں باہر کھڑا رہا۔ جب صبح ہوئی تو جوں توں کر کے وہاں سے چل دیا۔

اسی شہر عادل آباد میں ایک بڑی مسجد تھی اور ایک بڑا مندر۔ ان میں نیک ہندو اور مسلمان آکر اپنے اپنے ڈھنگ سے عبادت کرتے اور خدا کو یاد کرتے تھے۔ مندر اور مسجد کے بیچ ایک بہت اونچا مکان تھا اس کے بیچ میں ایک بڑا سا کمرا تھا۔ کمرے میں ایک بہت بڑا گھنٹا لٹکا ہوا تھا اور اس میں ایک لمبی سی رسی بندھی ہوئی تھی۔ اس گھر کا دروازہ دن رات کھلا رہتا۔ شہر عادل آباد میں جب کوئی کسی پر ظلم کرتا یا کسی کا مال دبا لیتا یا

کسی کا حق مار لیتا تو وہ اس گھر میں جاتا۔ رسی پکڑ کر کھینچتا۔ یہ گھنٹا اس زور سے بجتا کہ سارے شہر کو خبر ہو جاتی۔ گھنٹے کے بجتے ہی شہر کے سچے۔ نیک دل ہندو مسلمان وہاں آ جاتے اور فریادی کی فریاد سن کر انصاف کرتے۔ اتفاق کی بات کہ اندھا گھوڑا بھی صبح ہوتے ہوتے اس گھر کے دروازے پر جا پہنچا۔

دروازے پر کچھ روک ٹوک تو تھی نہیں۔ گھوڑا سیدھا گھر میں گھس گیا۔ بیچ میں رسی تھی۔ یہ غریب مارے بھوک

کے ہر چیز پر منھ چلاتا تھا۔ رسی جو اس کے بدن سے لگی
تو وہ اسی کو چبانے لگا۔ رسی جو ذرا کھنچی تو گھنٹا بجا۔
مسلمان مسجد میں نماز کے لیے جمع تھے۔ پجاری مندر
میں پوجا کر رہے تھے۔ گھنٹا جو بجا تو سب چونک پڑے
اور اپنی اپنی عبادت ختم کر کے اس گھر میں آن کر جمع
ہو گئے۔ شہر کے پنچ بھی آ گئے۔ پنچوں نے پوچھا: یہ
اندھا گھوڑا کس کا ہے لوگوں نے بتایا: یہ فلاں تاجر کا
ہے۔ اس گھوڑے نے تاجر کی جان بچائی تھی۔ پوچھا

گیا تو معلوم ہوا کہ تاجر نے اسے نکال باہر کیا ہے۔
پنچوں نے تاجر کو بلوایا۔ ایک طرف اندھا گھوڑا تھا۔ اس کی زبان نہ تھی جو شکایت کرتا۔ دوسری طرف تاجر کھڑا تھا۔ شرم کے مارے اس کی آنکھیں جھکی تھیں۔ پنچوں نے کہا: تم نے اچھا نہیں کیا۔ اس گھوڑے نے تمھاری جان بچائی اور تم نے اس کے ساتھ کیا کیا تم آدمی ہو۔ یہ جانور ہے آدمی سے اچھا تو جانور ہی ہے۔ ہمارے شہر میں ایسا نہیں ہوتا۔ ہر

ایک کو اس کا حق ملتا ہے اور احسان کا بدلہ احسان سمجھا جاتا ہے۔

تاجر کا چہرہ شرم سے سرخ ہو گیا۔ اس کی آنکھوں سے آنسو نکل پڑے۔ بڑھ کر اس نے گھوڑے کی گردن میں ہاتھ ڈال دیا۔ اس کا منہ چوما اور کہا: میرا قصور معاف کر یہ کہہ کر اس نے وفادار گھوڑے کو ساتھ لیا اور گھر لے آیا۔ پھر اس کے لیے ہر طرح کے آرام کا انتظام کر دیا۔

***

آخری قدم

آج تمھیں ایک بہت اچھے آدمی کا حال سنائیں جسے
اس کے جیتے جی بہتیرے لوگ برا برا کہتے تھے اور
مرنے کے بعد بھی اس کی نیکی کا حال بس وہی جانتے
ہیں جن کے ساتھ اس نے بھلائی کی تھی اور شاید بعضے تو
ان میں سے بھی بھول گئے ہوں گے۔

اس نیک آدمی کے پاس بڑی دولت تھی مگر یہ ان لوگوں میں تھا جو اپنے دھن دولت کو اپنا نہیں سمجھتے بلکہ اللہ میاں کی امانت جانتے ہیں۔ جو بس اس لیے ان کے سپرد کی جاتی ہے کہ اسے اس کے بندوں پر صرف کریں، خود ان کی اجرت یہ ہے کہ اس میں سے بھی بس موٹا جھوٹا پہن لیں اور دال دلیا کھا کر گزر کر لیں۔

ہاں، تو یہ نیک آدمی بھی اپنی دولت سے خود بہت کم فائدہ اٹھاتا تھا۔ ایک صاف سے مگر بہت چھوٹے

مکان میں رہتا تھا، گزی گاڑھے کے بہت معمولی کپڑے پہنتا تھا، اور کھانے کا کیا بتاؤں۔۔۔ کبھی چنے چاب لیے، کبھی مکا کی کھیلیں کھالیں، ایک وقت ہنڈیا چڑھی تو تین وقت کے کھانے کا انتظام ہو گیا۔

دوست احباب جنہیں اس کے حال کی خبر تھی طرح طرح سے اسے کھیل تماشوں میں رنگ رلیوں میں گھسیٹنا چاہتے تھے۔ مگر یہ ہمیشہ کچھ نہ کچھ بہانا کر کے ٹال دیتا تھا۔ آخر کو سب سے بڑا کنجوس مشہور ہو گیا۔

اس کے دوست اسے میاں مکھی چوس کہا کرتے تھے۔ بعض دوست اس کی دولت کی وجہ سے جلتے تھے، وہ اسے اور بھی چھیڑتے اور بدنام کرتے تھے، مگر یہ دھن کا پکا تھا، برابر چھپ چھپ کر چپ چپاتے اپنی دولت سے کسی نہ کسی مستحق کی مدد کرتا ہی رہتا تھا۔ اور اس طرح کہ سیدھے ہاتھ سے دیتا تو الٹے ہاتھ کو خبر نہ ہوتی اور زبان پر ذکر آنے کا تو ذکر ہی کیا۔

نہ جانے کتنی بیوائیں اس کے روپے سے پلتی تھیں!
کتنے یتیم اس کی مدد سے پڑھ پڑھ کر اچھے اچھے کاموں
سے لگ گئے تھے۔ کتنے مدرسے اس کی سخاوت سے
چل رہے تھے، کتنے قومی کام کرنے والوں کو اس نے
روٹی کپڑے سے بے فکر کر دیا تھا اور وہ یکسوئی سے
اپنی اپنی دھن میں لگے ہوئے تھے۔ کئی شفاخانوں میں
دوا کا سارا خرچ اس نے اپنے سر لے لیا تھا اور
ہزاروں دکھی بیماروں کو بے جانے اس کے روپے

سے روز آرام پہنچتا تھا۔ لیکن مشہور تھا وہی کنجوس مکھی چوس۔ دنیا کا کتا۔ نہ اپنے کام آئے نہ کسی اور کے۔ کوئی اس پر ہنستا تھا۔ کوئی خفا ہوتا تھا سب اسے برا سمجھتے تھے!

آدمی کتنا ہی نیک ہو۔ دوسروں کے ہر دم برا کہنے سے جی دکھتا ہی ہے، اس کے دل کو بھی کبھی کبھی بڑی ٹھیس لگتی تھی۔ جھنجھلاتا تھا۔ آنکھوں میں آنسو بھر بھر آتے تھے مگر پھر صبر کر لیتا تھا۔

اس کے پاس ایک خوب صورت سی کتاب تھی ۔ چکنا چکنا موٹا کاغذ۔ نیلے کپڑے کی سبک سی جلد۔ پشت پر سنہرے حرفوں میں لکھا ہوا 'حسابِ امانت' ۔ اس کتاب میں یہ اپنا پیسے پیسے کا حساب لکھا کرتا تھا، جس کو بھی کچھ دیا تھا، سب اس میں درج تھا، کہیں کہیں کیفیت کے خانے میں بڑی دلچسپ باتیں لکھی گئی تھیں۔ کسی یتیم کو پڑھنے کے لیے وظیفہ دیا ہے، 15 سال بعد تاریخ دے کر کیفیت کے خانے میں درج ہے 'اب

احمد آباد میں ڈاکٹر ہیں اور وہاں کے یتیم خانے کے ناظم'۔ کتابوں کے ایک کاروباری کو سخت پریشانی کے زمانے میں دو ہزار روپے دیے ہیں۔ کئی سال بعد کیفیت کے خانے میں لکھا ہے آج خط آیا ہے کہ انھوں نے رسول اکرم صلی اللہ علیہ وسلم کی سیرت پاک نہایت صاف اور سادہ زبان میں لکھوا کر ایک لاکھ نسخے طلبہ میں مفت تقسیم کیے ہیں۔ خدا جزائے خیر دے۔ دلی کے ایک مدرسے کو ایسے وقت کہ اس کا

کوئی مدد گار نہ تھا دس ہزار روپے دیئے تھے، اندراج رقم کے سامنے کیفیت میں لکھا تھا 'سالانہ رپورٹ پڑھی، ہر صوبے میں اس کی ایک ایک شاخ قائم ہو گئی ہے، اس صوبے میں تو گاؤں میں تعلیمی مرکز قائم کر دیے ہیں۔ یہ کام نہ ہوتا تو اس ملک میں مسلمانوں کی تمدنی ہستی کبھی کی ختم ہو چکی تھی۔'

اسی قسم کے بے شمار اندراجات تھے۔

اس کتاب کو یہ اکثر اٹھا کر پڑھنے لگتا تھا، خصوصاً جب کسی نادان دوست کی زبان سے دل دکھتا تو ضرور اس کتاب کی ورق گردانی کی جاتی تھی، اسے دیکھ کر کبھی کبھی مسکراتا بھی تھا، اس کا ارادہ تھا کہ مرتے وقت یہ کتاب ان لوگوں کے لیے چھوڑ جاؤں گا جو عمر بھر مجھے پہچانے بغیر میرا دل دکھاتے رہے، اس ارادے سے اسے بڑی تسکین ہوتی تھی۔ سو سُنار کی ایک لوہار کی۔ انھوں نے ہزار دفعہ میرا جی خون کیا ہے، میں ایک دفعہ انھیں

ایسا شرماؤں گا کہ بس سر نہ اٹھے گا، یہ سوچتا تھا اور خوش ہوتا تھا، ہوتے ہوتے بڑھاپا آن پہنچا، بدن جواب دینے لگا، روز کوئی نہ کوئی بیماری کھڑی ہے، ایک دفعہ دسمبر کا مہینہ تھا، سخت بیمار ہوا، بخار اور کھانسی۔ ایک دن۔ دو دن۔ تیسرے دن سینے میں سخت درد شروع ہوا، کوئی دوپہر غفلت رہی۔ ہوش آیا تو سانس لینے میں بھی تکلیف ہوتی تھی۔ نمونیا کا حملہ تھا اور سخت حملہ، شام سے حالت غیر ہونے لگی، بار بار

غفلت ہو جاتی تھوڑی دیر کو ہوش آتا۔ پھر غفلت۔

کوئی چار بجے کے قریب ہوش آیا تو اس کی سمجھ میں آ گیا کہ اب وہ وقت آن پہنچا ہے جو سب کے لیے آتا ہے اور جس سے کوئی بھاگ کر بچ نہیں سکتا۔

چارپائی کے پاس ہی میز پر وہ نیلی خوب صورت کتاب 'حساب امانت' رکھی تھی جسے ابھی بیماری میں بھی دو دن پہلے اٹھا کر پڑھا تھا، چند لمحے اس کی طرف غور سے دیکھا، آنکھوں سے آنسو بہنے لگے۔ ایسے کہ تھمتے ہی نہ

تھے، کتاب کی طرف ہاتھ بڑھا کر اسے اٹھانا چاہا کئی

مرتبہ کی کوشش میں اسے مشکل سے اٹھا پایا، پھر کچھ

سوچ میں پڑ گیا۔ یہ عظیم الشان گھڑی اور یہ چھوٹا

خیال۔۔۔ان کو شرما کر تجھے کیا ملے گا؟ تو اپنا کام کر

چلا۔ اپنے کام سے کام! منزل آ پہنچی۔ آخری قدم

کیوں ڈگمگائے! دونوں ہاتھوں میں کتاب تھامے ہاتھ

تھر تھرا رہے تھے جیسے کوئی بہت بڑا بوجھ اٹھایا ہو۔

بڑی مشکل سے تکیے پر سے سر بھی کچھ اٹھایا اور ناتواں

جسم کی ساری آخری قوت صرف کر کے کتاب کو اس پاس والی بڑی انگیٹھی میں پھینک دیا جس میں کوئی ڈھائی بجے نوکر نے بہت سے کوئلے ڈالے تھے اور میاں کو سوتا جان کر دوسرے کمرے میں جا کر سو گیا تھا۔

کتاب جلنے لگی، اس کی نظر اس پر جمی تھی، جلد کے جلنے میں دیر لگی، پھر اندر کے کاغذوں میں آگ لگی تو ایک شعلہ اٹھا، اس کی روشنی میں اس کے ہونٹوں پر ایک خفیف سی مسکراہٹ دکھائی دی اور چہرے پر عجیب اطمینان۔

ادھر موٴذن نے اشھدان محمد الرسول اللہ کہا، اور نیکیوں کے اس کارواں سالار کی رسالت کے اعلان کے ساتھ ہی اس کی امت کے اس نیک راہ رو نے ہمیشہ کے لیے آنکھیں موند لیں۔

★★★

اسی سے ٹھنڈا اسی سے گرم

ایک لکڑہارا تھا، جنگل میں جا کر روز لکڑیاں کاٹتا، اور شہر میں جا کر شام کو بیچ دیتا، ایک دن اس خیال سے کہ آس پاس سے تو سب لکڑہارے لکڑی کاٹ لے جاتے

ہیں، سوکھی لکڑی آسانی سے ملتی نہیں، یہ دور جنگل
کے اندر تک چلا گیا، سردی کا موسم تھا، کٹکٹی کا جاڑا پڑ
رہا تھا، ہاتھ پاؤں ٹھٹھرے جاتے تھے، اُسکی انگلیاں
بالکل سُن ہو جاتی تھیں، یہ تھوڑی دیر بعد
کلہاڑی رکھ دیتا اور دونوں ہاتھ منھ کے پاس لے جا کر
خوب زور سے اُن میں پھونک مارتا کہ گرم ہو جائیں۔
جنگل میں نا معلوم کس کس قسم کی مخلوق رہتی تھی، سنا
ہے اس میں چھوٹے چھوٹے سے بالشت بھر کے

آدمی بھی ہوتے ہیں، اُن کی داڑھی مونچھ سب کچھ ہوتی ہے مگر ہوتے ہیں بس میخ ہی سے، ہم تم جیسا کوئی آدمی اُن کی بستی میں چلا جائے تو اسے بڑ حیرت سے دیکھتے ہیں کہ دیکھیں یہ کرتا کیا ہے، لیکن ہم لوگوں سے ذرا اچھے ہوتے ہیں کہ اُن کے لڑکے کسی پردیسی کو ستاتے نہیں اور نہ اُن پر تالیاں بجاتے ہیں، نہ پتھر پھینکتے ہیں، خود ہمارے یہاں بھی اچھے بچّے ایسا نہیں کرتے لیکن یہاں تو سبھی اچھے ہوتے ہیں۔

خیر لکڑہارا جنگل میں لکڑیاں کاٹ رہا تھا تو ایک میاں بالشتیے بھی کہیں بیٹھے اسے دیکھ رہے تھے، میاں بالشتیے نے جو یہ دیکھا کہ یہ بار بار ہاتھ میں کچھ پھونکتا ہے تو سوچنے لگے کہ یہ کیا بات ہے، دیر تک اپنی بتاشا سے ٹھوڑی اپنے ننھے سے ہاتھ پر دھرے بیٹھے رہے مگر کچھ سمجھ میں نہ آیا تو یہ اپنی جگہ سے اٹھے اور کچھ دور چل کر پھر لوٹ آئے کہ نہ معلوم کہیں پوچھنے سے یہ آدمی برا

نہ مانے۔ مگر پھر نہ رہا گیا، آخر کو ٹھمک ٹھمک کر لکڑہارے کے پاس گئے اور کہا۔

"سلام بھائی! بُرا نہ مانو تو ایک بات پوچھیں"۔

لکڑہارے کو یہ ذرا سا انگوٹھے برابر آدمی دیکھ کر تعجب بھی ہوا اور ہنسی بھی آئی، مگر اُس نے ہنسی روک کر کہا۔

"ہاں ہاں بھئی ضرور پوچھو"۔

"بس یہ پوچھتا ہوں کہ تم منہ سے ہاتھوں میں پھونک سی کیوں مارتے ہو"۔

لکڑہارے نے جواب دیا ''سردی بہت ہے، ہاتھ ٹھٹھرے جاتے ہیں، میں منہ سے پھونک مار کرانھیں ذراگرمالیتا ہوں، پھر ٹھٹھرنے لگتے ہیں پھر پھونک لیتا ہوں۔''

میاں بالشتیے نے اپنا سُپاری جیسا سر ہلایا اور کہا ''اچھا اچھا یہ بات ہے''۔

یہ کہہ کر بالشتیے میاں وہاں سے کھسک گئے۔ مگر رہے
آس پاس ہی، اور کہیں سے بیٹھے برابر دیکھا کیے کہ
لکڑہارا اور کیا کرتا ہے۔

دوپہر کا وقت آیا، لکڑہارے کو کھانے کی فکر ہوئی، ادھر
اُدھر سے دو پتھر اٹھا کر چولہا بنایا، اُس کے پاس چھوٹی
سی ہانڈی تھی، آگ سلگا کر اُسے چولہے پر رکھا اور اُس
میں آلوابلنے کے لیے رکھ دئے، گیلی لکڑی تھی اس

لیے آگ بار بار ٹھنڈی ہو جاتی تو لکڑہارا منھ سے پھونک کر اسے تیز کر دیتا تھا۔

''ارے'' بالشتیے نے دور سے دیکھ کر اپنے جی میں کہا 'اب یہ پھر پھونکتا ہے، کیا اس کے منہ سے آگ نکلتی ہے''

لیکن چُپ چاپ بیٹھا دیکھا کیا، لکڑہارے کو بھوک زیادہ لگی تھی۔ اُس لیے چڑھی ہوئی ہانڈی میں سے ایک آلو جو ابھی پورے طور پر اُبلا بھی نہ تھا نکال لیا، اُسے کھانا

چاہا تو وہ ایسا گرم تھا جیسے آگ، اس نے مشکل سے
اُسے اپنی ایک انگلی اور انگوٹھے سے دبا کر توڑا اور منہ
سے پھوں پھوں کر کے پھونکنے لگا۔
''ارے'' بالشتیے نے پھر جی میں کہا ''یہ پھر پھونکتا
ہے! اب کیا اس آلو کو پھونک کر جلائے گا!!''
مگر آلو جلا جلایا کچھ نہیں، وہ تو تھوڑی دیر پھوں پھوں کر
کے لکڑہارے نے اپنے منہ میں دھر لیا اور غپ غپ
کھانے لگا۔ اب تو اس بالشتیے کی حیرانی کا حال نہ

پوچھو، اس سے پھر نہ رہا گیا اور ٹھمک ٹھمک پھر لکڑہارے کے پاس آیا اور کہا ''سلام! بھائی بُرا نہ مانو تو ایک بات پوچھیں''۔

لکڑہارے نے کہا ''برا کیوں مانوں گا پوچھو''

بالشتیے نے کہا ''تم نے صبح مجھ سے کہا تھا کہ منہ سے پھونک کر اپنے ہاتھوں کو گرماتا ہوں، اب اس آلو کو کیوں پھونکتے تھے؟ یہ تو خود بہت گرم تھا، اسے اور گرمانے سے کیا فائدہ!''

''نہیں میاں ٹلّو، یہ آلو بہت گرم ہے میں اسے منہ سے پھونک پھونک کر ٹھنڈا کر رہا ہوں''۔

بات تو کچھ ایسی نہ تھی مگر یہ سُن کر میاں بالشتیے کا منہ پیلا پڑ گیا، ڈر کے مارے کپ کپ کانپنے لگے، وہ برابر پیچھے ہٹتے جاتے تھے، لکڑہارے سے ڈر کر کچھ سہم سے گئے تھے، ذرا سا آدمی یونہی دیکھ کر یونہی ہنسی آئے، لیکن اس تھر تھر کپ کپ کی حالت میں دیکھ کر تو ہر کسی کو ہنسی بھی آئے، رنج بھی ہو۔ لکڑہارے کو بھی ہنسی آئی لیکن وہ بھی

بھلا مانس تھا۔ اُس نے آخر پوچھا ''کیوں میاں! کیا ہوا؟ کیا جاڑا بہت لگ رہا ہے؟''

مگر میاں بالشتیے تھے کہ برابر پیچھے ہٹتے چلے گئے، اور جب کافی دور ہو گئے تو بولے ''یہ نہ جانے کیا بلا ہے، کوئی بھوت ہے یا جن ہے، اُسی منہ سے گرم بھی، اُسی سے ٹھنڈا بھی، ہمارے عقل میں نہیں آتا'' اور واقعی یہ بات میاں بالشتیے کی ننھی سی کھوپڑی میں آنے کی تھی بھی نہیں۔

***

پوری جو کڑھائی سے نکل بھاگی

گاؤں میں ایک کسان رہتا تھا اور اس کی بیوی ۔ کسان کا نام تھا منسا اور اس کی بیوی کا گریا۔ ان کے پاس روپیہ پیسہ اچھا خاصا تھا مگر گھر میں کام کرنے والے آدمی کم

تھے۔ اس لئے ہمیشہ دوسروں سے یا تو مزدوری پر کام لینا پڑتا تھا یا میٹھی بات کر کے بیساکھ کا مہینہ تھا۔ منسا کے کھیتوں میں گیہوں کی فصل خوب ہوئی تھی اور کھیت کٹ بھی چکے تھے۔ اب بالیوں پر دائیں چلا کر دانے نکالنا باقی تھا۔ دوسرے سب کسان بھی اپنے اپنے کام میں لگے تھے تم جانو ان دنوں جب فصل کٹتی ہے تو سب ہی کو تھوڑا بہت کام ہوتا ہے

اس نے بہتیرا چاہا کہ کوئی مزدور ملے مگر نہ ملا۔ ادھر آسمان پر دو ایک دن سے بادل آنے لگے اور ڈر تھا کہ کہیں پانی پڑ گیا تو سب دانے خراب ہو جائیں گے۔

بیچ میں ایک دن کوئی تہوار آگیا سب کسانوں نے اپنے یہاں کام بند رکھا۔ اس گاون میں بہت سے آدمیوں کی چھٹی ہو گی۔ منسا ان کے پاس گیا اور مشکل سے پانچ آدمیوں کو پھسلا کر لایا کہ بھائی ہماری دائیں چلا دو۔ گھر میں بیوی سے کہا کہ تہوار کا دن ہے یہ لوگ آج کام کو

آئے ہیں انھیں پوریاں کھلانا ہے، کوئی گیارہ بجے
بیوی نے چولہے پر کڑھائی چڑھائی کئی پلی کڑوا تیل
کڑھائی میں ڈالا، آٹے کی چھوٹی سی ٹکیا بنا کر پہلے تیل
میں ڈالی او تیل گرم ہو کر کڑکڑانے لگا۔
تو یہ ٹکیہ نکال لی۔ اس سے کڑوے تیل کی ہیک کم ہو
جاتی ہے۔ اب بیلن سے بیل بیل کر کڑھائی میں
پوریاں ڈالنی شروع کیں۔ کچھ پوریاں پک گئیں تو
باورچی خانے میں کسان کا بیٹا بدھو جانے کہاں سے آیا

اور ادھر ادھر چیزیں کھکورنے لگا اور ناک سے برابر سڑ سڑ سڑ سڑ کرتا جاتا تھا۔ ہونٹوں پر ناک بہہ رہی تھی۔ ماں نے ہاتھ پکڑ کر اپنی طرف کھینچا اور پلو سے اس زور سے ناک پوچھی کہ بدھو کن کن کرتا ہوا باورچی خانے سے چل دیا۔ کڑھائی میں جو پوری پڑی تھی وہ اتنی دیر میں جلنے لگی اور اسے برا لگا کہ بدھو کی ماں نے اس کا ذرا خیال نہ کیا اور اتنی دیر جلتے ہوئے تیل میں اسے رکھ کر تکلیف دی۔ بدھو کی ماں نے جلدی سے جو اسے پلٹنا

چاہا تو یہ اور چڑ گئی اور جھٹ سے کڑھائی میں کود کر بھاگ کھڑی ہوئی کہ تم بدھو کی ناک پوچھو میں تو جاتی ہوں۔

"بدھو کی ماں نے بہت چاہا کہ اسے پکڑے مگر وہ کہاں ہاتھ آتی ہے۔ جھٹ گھر میں سے نکل کھیت کی طرف بھاگی۔ راستے میں منسا اور اس کے پانچوں دوست دانوں پر دائیں چلا رہے تھے۔ یہ پوری ان کے پاس سے گذری اور کہا کہ میں بدھو کی ماں سے بچ کر کڑھائی سے نکل کر آئی ہوں تم سے بھی بچ کر نکلوں گی۔ لو مجھے

کوئی پکڑو تو''۔ ان آدمیوں نے جب دیکھا کہ اچھی پکی
پکائی پوری یوں پاس سے بھاگی جا رہی ہے تو کام چھوڑ
کر اس کے پیچھے ہو لیے مگر وہ بھلا کہاں ہاتھ آتی ہے۔ یہ
سب دوڑتے دوڑتے ہانپ گئے اور لوٹ آئے۔
کھیت سے نکل کر پوری کو بنجر میں ایک خرگوش ملا۔
اسے دیکھ کر پوری بولی۔ ''میں تو کڑھائی سے نکل کر،
بدھو کی ماں سے بچ کر اور چھ جوان آدمیوں کو ہرا

کر آئی ہوں۔ میاں چھٹ دمے خرگوش تم سے بھی
نکل بھاگوں گی۔''

خرگوش کو یہ سن کر اور ضد ہوئی اور اس نے بڑی تیزی
سے اس کا پیچھا کیا اور سچی بات تو یہ ہے کہ بی پوری
ایک بھٹ میں نہ گھس گئی ہوتیں تو اس چھٹ دمے
نے پکڑ ہی لیا تھا۔ مگر بھٹ میں یہ لومڑی کے ڈر سے
نہ گیا۔

پوری جو بھٹ میں گھسی تو واقعی اس میں لومڑی بیٹھی تھی ۔ اس نے جو دیکھا کہ یہ ایک پوری گھسی چلی آتی ہے تو جھٹ اٹھ کھڑی ہوئی کہ اب آئی ہے تو جائے گی کہاں ۔ مگر پوری الٹے پاؤں لوٹی اور یہ کہتی ہوئی بھاگی ۔ ''کہ میں تو کڑھائی میں سے نکل کر، بدھو کی ماں سے بچ کر، چھ جوان آدمیوں کو ہرا کر اور میاں چھٹ دمو خرگوش کو الو بنا کر آئی ہوں ۔ بی مٹ دمی لومڑی میں تمہارے بس کی بھی نہیں''۔

لومڑی نے کہا ''کہاں جاتی ہے ٹھہر تو۔ تیری شیخی کا مزہ تجھے بتاتی ہوں'' اور پیچھے لپکی۔ مگر پوری تھی بڑی چالاک اس نے جھٹ سے ایک کسان کے مکان کا رخ کیا اور لومڑی بھلا کتوں کے ڈر کے مارے ادھر کیسے جاتی۔ لاچار رک گئی۔

کسان کے مکان کے قریب ایک دبلی سی بھوکی کتیا اور اس کے پانچ بچے ادھر ادھر پھر رہے تھے۔ انہوں نے بھی ارادہ کیا کہ اس پوری کو چٹ کریں۔ پوری

نے کہا ''میں کڑھائی میں سے نکل کر، بدھو کی اماں سے بچ کر چھ جوان مردوں کو ہرا کر میاں چھٹ دمو خرگوش کو الو بنا کر اور بی مٹ دمی لومڑی کو چونا لگا کر آئی ہوں۔ اجی بی بی لپ لپ، میں تمہارے بس کی بھی نہیں''۔

کتیا بڑی ہوشیار تھی۔ آگے کو منہ بڑھا کر جیسے بہرے لوگ کرتے ہیں، کہنے لگی، ''بی پوری کیا کہتی ہو۔ میں ذرا

اونچا سنتی ہوں'' پوری ذرا قریب کو آئی اور کتیا نے بھی بہروں کی طرح اپنا منہ اس کی طرف اور بڑھایا۔ پوری پھر وہی کہنے لگی۔ ''میں کڑھائی میں سے نکل کر، بدھو کی ماں سے بچ کر چھ چھ جوان مسٹنڈوں کو تھکا کر، میاں چھٹ دمے خرگوش اور بی مٹ دمی لومڑی کو الو بنا کر آئی ہوں۔ اجی بی لپ لپ۔۔۔'' اتنا ہی کہنے پائی تھی کہ کتیا نے منہ مارا ''ہپ'' اور آدھی پوری اس کے منہ میں آگئی۔ اب جو آدھی پوری بچی تھی وہ ایسی

تیزی سے بھاگی اور آگے جا کر نہ معلوم کس طرح زمین کے اندر گھس گئی کہ کتیا ڈھونڈھتے ڈھونڈھتے تھک گئی مگر کہیں پتہ نہ چلا۔ کتیا نے اپنے پانچوں بچوں کو بلایا کہ ذرا ڈھونڈو تو لیکن بی پوری کا کہاں پتہ لگتا ہے۔ اس کتیا نے اور اس کے بچوں نے ساری عمر اس آدھی پوری کو ڈھونڈا مگر وہ نہ ملنا تھا نہ ملی۔ ابھی تک سارے کتے اسی آدھی پوری کی تلاش میں ہر وقت زمین سونگھتے پھرتے ہیں کہ کہیں سے اس کا پتہ چلے تو نکالیں۔ اس

نے ہماری دادی اماں کو دھوکہ دیا تھا۔ مگر اس آدھی پوری کا کہیں پتہ نہیں چلتا۔

***

ماخذ (پوری جو کڑھائی سے نکل بھاگی) : ریختہ ڈاٹ آرگ

بقیہ کہانیاں : کتاب 'ابو خاں کی بکری'، ریختہ،

کمپوزنگ / او سی آر : اعجاز عبید

www.ingramcontent.com/pod-product-compliance
Lightning Source LLC
LaVergne TN
LVHW010841051026
849532LV00007B/2781